KB016250

서울 오면 연락해

서울 오면 연락해

2018년 12월 24일 초판 1쇄 인쇄
2018년 12월 24일 초판 1쇄 발행

지은이 | 백인경

인쇄 | 예인아트

펴낸이 | 이장우
펴낸곳 | 꿈공장 플러스
출판등록 | 제 406-2017-000160호
주소 | 경기도 파주시 회동길 301 (파주출판도시)
전화 | 010-4679-2734
팩스 | 031-624-4527
e-mail | ceo@dreambooks.kr
homepage | www.dreambooks.kr
instagram | @dreambooks.ceo

꿈공장+ 출판사는 모든 작가님들의 꿈을 응원합니다.
꿈공장+ 출판사는 꿈을 포기하지 않는 당신 곁에 늘 함께하겠습니다.

ISBN | 979-11-89129-16-3

정 가 | 11,500원

Contents

2부 서울 오면 연락해

3부 우리들은 자란다

시인의 말

낯선 이에게 나를 말할 때면
언제나 시인이라고 소개하던 너희들에게

따뜻한 외로움을 떠먹여주던 문우들에게

긴 불면을 함께 지새워준 애인들에게

그리고 물구나무 서는 법을 알려준
나의 시인들에게

터미널

봄

눈이 그치고 비가 내리면
어금니를 꽉 깨물었다
누가 나의 관자놀이를 보고 있을까 봐
힘을 주지 않아도
투명한 핏줄이 돋으니까

그런 짓은 항상 잘했다

상처 위로 굳은 껍질을
슬쩍 떼어내 확인하는 일
이것 봐, 괜찮아졌잖아
노력은 계절의 몫이었는데

네가 내 앙상한 삭정이를 만지고 지나갔을 때
없는 꽃송이가 품에서 버벅거렸다
배꼽을 간지럽혔다

키스

두 개의 입술이 단단하게 맞물리던 순간
몇 개의 언어가 밀봉되었다

차가운 것은 아래로, 뜨거운 것은 위로 간다
체르노빌에서도 같은 추락을 본다

늑골 속 물살이 격렬해지고
일식에서 월식으로
라니냐에서 엘니뇨로
푸른 해파리들이 치밀어 오를 때
이윽고 살갗이 건조해질 때
우리에게서 같은 맛이 날 때

발목이 얼어붙는다

뜨거운 것이 새어나가지 못하도록
우리는 서로의 목을 움켜쥔다

롤링 페이퍼

향기 나는 종이에 서로의 이름을 썼다

서로의 이름과 별자리를, 서로의 이름과 별자리와 노래 제목을,
서로의 이름과 별자리와 노래 제목과 병명을, 변명을, 빗방울의
안부와 말라붙은 찻잔의 얼룩, 푸른 팬지의 꽃말을 아냐고, 깎지
못한 손톱의 무게를

푸른 펜과 붉은 펜으로 번갈아 가며
빼곡하게 채운
선언문을 나누고 헤어진다

이별의 과정

발단: 작은따옴표(' ')
네가 프리지아를 건넬 때, 네 등 뒤에서 밀려오던 포플러 향기
너무 멀리서 내민 손가락

전개: 큰따옴표(" ")
밤새 깎은 손톱조각
몇 번이고 곱씹었을 서로의 잔상

위기: 느낌표(!)
산 채로 얼어붙은 물고기
머리맡에 둔 예쁜 각목

절정: 물음표(?)
연애의 시작과 끝을 엮은 괄호의 직유법
우리가 다정히 누운 자리에 만개했던 도깨비바늘

결말: 말줄임표(……)
비약적으로 확대, 축소될 수 있는 여섯 가지의 가능성
또는 절취선

마지막 잎새

정신과에서 치료를 받다 의사와 사랑에 빠진다면
둘 중 누가 더 불행하게 될까

너는 아직도 아프군요, 가엾은 내 사랑
너는 아직도 나를 미친 사람으로만 본다

첫 데이트 후 진지한 표정으로 위로 받았다 예술가적 기질이 있
는 겁니다
습관성 우울함은 가벼운 틱증상이므로 햇볕을 자주 쬐세요

의사에게는 많은 환자가 필요했다 그래서 내가 더 자주 아플게요
진료비를 주고받을 때마다 서로를 사랑하게 되는 기분

우리의 공통점은 슬픔으로 풍족해지는 것
비 오는 날 신나게 침을 뱉으며 거리를 걷는 것
어둠 속에서 서로의 등에 글씨를 쓰며 노는 것
알아맞춘 적 없는

계속 진찰을 받았고
약봉지는 나만 뜯을 수 있게끔 처방되었다
선물처럼 두툼하고 은밀하게
딱 한꺼번에 삼켜버릴 수 있을 만큼
의사가 답답한 표정을 지었다 제대로 약을 안 먹고 있군요

내가 없으면 네가 죽을 줄 알았어요
내년 크리스마스 선물로, 그 다음 크리스마스 선물로

한여름, 반지하 창문 밖으로
의사가 트리를 심어주고 갔다

트램폴린

내가 죽으면 어떨 것 같애
발이 땅에서 떨어지는 순간
무슨 생각을 하고 있을까

그때 우리는 여러 가지 모양으로 넘어졌다
어떻게 끝내는 게 가장 아름다울지
죽어본 적이 있는 사람처럼
마지막 자세를 고민했다

번갈아 가며 추락하다가
허공에서 눈이 마주치면 웃었지
한 번도 같은 곳을 바라보며
우와, 동시에 탄성을 지른 적은 없었지만

집에 갈 시간이야
중력 속으로 내려왔을 때
서로의 몸에서 반짝이는 정전기를 보며
예쁘다, 동시에 생각했을 거다

너를 생각하는 기분은
물고기처럼 튀어 오르다 사라지는
아득하고 선명한 감정

엄마가 죽으면 어떡하지
외갓집에서 키우던 개가 죽으면
죽으면서 내 생각이라도 한다면

잊을만하면 네 꿈속에서 죽는 게 내 안부다

애인의 노트에는

애인의 등 모양을 가장 잘 아는 사람은 나다

누가 내 애인에게 종이접기를 가르쳤나
나는 의심한다 내가 골몰할 때마다
부드러운 편지지로 돌멩이를 접어 던지는 이유에 대해

잠들기 전
딱딱하게 언 혓바닥을 깨물며 조금 더 어둠이 다정하게 흘러
내리기를
내일 아침이면 진지한 검정을 얼굴에 바르고 우리, 만나기를
거짓말을 할 때, 손톱 살을 뜯는 건 나의 버릇인데
왜 애인의 손끝이 얇아지고 있는지

너의 칸나화분은 창가에 등을 돌리고 딴청을 피운다

우리는 각자 다른 커피를 마시며
우물우물 건조한 입술을 뜯었다

접시 위 티라미슈가 녹아 무너져 내리고서야 서로의 입술이 다

터진걸 알아챘지 연한 살갗을 원망하진 않았지만 테이블 다리를 타고 기어오르는 바퀴벌레를 보고도 벌떡 일어서지 못했다 네가 허밍으로 부르던 이국의 멜로디
 그 위에 오래 앉아 있으면 엉덩이가 뜨거워졌다

 밤마다 비명을 지르며 서로의 쇄골을 움푹 파주었다 눈물이 더 오래 고일 수 있도록, 쇄골이 찰랑찰랑 따뜻하게 차오르고 거기, 우리가 키웠던 예쁜 물고기
 수면 위로 파문이 번지면 서로의 손이 닿지 않는 심연 속에 숨어 꼬리를 펄떡였다

 독한 약처럼 흙물이 일고 어느 날 인사도 없이 사라졌을 때 붉어진 쇄골을 씻어냈다 반짝이는 비늘은 여태 붙어있는데 애인은 검은 목폴라 스웨터를 입고 칸나에 물을 준다

 우리가 미워한 건 오후 한시, 프론터로부터 온 벨소리 뿐 화분에서 떨어진 붉은 흙, 더럽혀진 이불은 아니었는데

 애인은 맨발로 풀밭에 서서 풋과일을 깨물며 둥글어진다

무허가 무화과

무릎을 당겨 안으면
견고한 외로움이 설계된다

나는 너의 꽃가루 알러지를 이해하지 못하고
너는 나의 그림자 속에 들어온 적 없었을 뿐
우리는 같은 계절 속에 있었는데
서로의 불행을 허락한 적 없다
오롯이 주관적으로 앓았다

환절기마다 티슈뭉치에 싸인 드라이아이스가 배달되었다
더 이상 봄 같은 거 안 왔으면 좋겠어
스티로폼 박스을 뜯고 또 뜯다보면

네가 재채기처럼 만개했다
안으로 피는 꽃이었다

캐러멜

장마는 이곳에서부터 시작되었다
설탕단지 속 파묻은 우리의 이름이
찰랑찰랑 잠겨 죽은 날부터

나는 유령안데
나는 유령인데도
네가 나를 발견한 적 없다
너를 동요시키기엔 너무 사소해졌어

휘젓지 말고 그냥 둬 넘치도록
창문 밖으로 소리친다면
그건 와서 좀 휘저으라는 뜻이다

네 이름을 곱씹으면 아직도
혀뿌리에 단물이 고인다
이가 다 상해버린다

킬링파트

바퀴벌레를 죽일 때의 내 표정이 무섭다는 소리에 그냥 웃었어
요 바퀴벌레 나라에서 나에 대한 평가가 어떻든 어쩔 수 없다고
생각합니다 신경 쓰는 데에는 지쳤어요, 라고 말하다가도 조금
적막해집니다 바퀴벌레 나라에서 나는 어느 가정의 가장을 죽
이거나 임산부를 무표정으로 변기에 버린 사이코패스 일지도
모른다는 생각 어쩌면 그들이 깊은 밤 화장대에 떨어진 내 속눈
썹을 주워다가 저주를 쏟아 부었기에 울 일이 많은 거라는 생각

그런 면이 필요하댔죠 사람은
가장 적절한 때에 방아쇠를 당길 줄 아는
사랑해서 어쩌구 아프지 말고 어쩌구 하는 그딴 진부한 말 말
고요
너같이 바질 페스토를 못 만드는 애는 처음이야. 그랬어야죠

내가 산 적 없는 책
표지만 봐도 내용을 알 것 같은 책 사이에서
내가 넣어둔 적 없는 꽃갈피가 떨어집니다
책은 너 가져

당신이 문을 닫다 말고 말했어요
내가 어디서 슬퍼야 할 지 모를까 봐 참 걱정도 많으십니다

소파 아래 쌓여가는 티슈 뭉치 속에는
당신이 뱉어놓은 바질 파스타
아니면 내가 죽인 바퀴벌레가 있습니다

무엇이 되었든 소파는 움직이지 않을 겁니다

터미널
– 연착

흙이 다 파헤쳐진 화분처럼
식탁에 텅 빈 통조림 캔이 쌓여갔다

어디서 보잔 약속 없이 날마다
너의 물병 속에 씨앗을 떨어트렸고

무럭무럭 발이 자라나서 더 무거워지길
곧 나갈 사람처럼 잠든 너에게서
몰래 신발을 벗겨놓곤 했지

버스는 어디에도 도착하지 못했다
안전벨트를 부여잡고 투명한 새벽을 유영하느라 멀미에 시달
렸다

자고 일어나면 티켓의 유효기간은 딱 하루씩 늘어나 있다
손톱만한 통조림에서 방금 꺼낸 듯이 촘촘히 주름진 채
밤새 다렸다가 도로 구겨놓은 감정처럼 얇아진 채

아침마다 흐트러진 마음을 정돈하며 말린 생강을 씹었다
수 십 번씩 추락하는 연습을 해도 키가 자라는 게 두려웠다

다 먹어버린 통조림 캔처럼
발치에 텅 빈 신발이 쌓여갔다

단식광대

내 고양이는 밥 짓는 소리를 무서워한다

(애인은 창 밖에서, 내 창문을 향해 망가진 쿠키를 던진다)

내가 먼저 손을 내밀었을 때
네가 시큰둥한 것이 못내 괘씸했다 그러므로

나는 더 오래 굶을 수 있다 내 뺨을 때리는 손이 더 아프도록 최
선을 다해 야월 것이다 내 눈을 보면 설득 당할 것이다 너는 설
득될 것이라고 나를 설득한다

(애인은 하이힐을 구겨 신고 발뒤꿈치를 든다)

내 고양이는 전투적으로
제 몸을 핥고
털 뭉치를 토해내기를 반복한다
그런다고 네가 사라지진 않을 텐데

(애인은 눈이 충혈 될 때까지 창문을 노려보고 있다, 고 누군가
전해주었다)

현관에서 쌀알을 굴리며 노는 고양이처럼
나는 방바닥에 마음을 굴리며 얽는다

(애인은 마침내 절뚝거리기 시작한다)
(관중들이 보고 있다)

해변의 달팽이

내 침대에서 모래가 쏟아진다고 해도
이제는 네가 불편할 거 없다
그게 어른이다

우리는 서로의 입병을 앓는 사람
알면서도 모르는 척 하던 사람
침대에 누워 서로의 귀 모양을 알아가다 보면
이불이 해안처럼 밀려 나갔지
나는 수면 아래, 너는 사막에서
똑같은 어제의 파도 소리를 다르게 듣는다

너의 이명은 이제, 내가 불편할 거 없다
우리는 서로가 되기엔 지나치게 침착해
그게 조숙이다

마지막 맥주를 삼키고 담배를 피우고

크래커를

한 입,

깨물었을 때

내 귀에는 세상이 부서지는 소리가 났어

너에게는 안 들렸을 지도

어금니에서 부서지는 것이 크래커든, 조개껍데기든 어금니든

너는 모를 것이다 내가 입을 다물었기에

그게 예의다

홈파티

한 접시의 호두파이가 구워지는 동안
몇 번이나 더 사랑을 나눌 수 있을까

너는 잔을 높게 들어올린다
할 말이 있는 듯이
혹은 테이블 위를 질주하는 벌레를 본 듯이

이만큼 밤이 깊어지길 기다렸어
분침과 시침 사이 조각이 조금 더 농밀해지길
나는 초침소리에 맞춰 빈 접시 위로 설탕을 뿌린다
안 보이는 곳의 벌레들이 두근거려 한다

잔을 좀 기울여줄래 내 쪽으로…
우리는 안다 맥주거품은 곧 사라진다는 걸
거품 때문에 못 마시겠다니
거품이 사라지면 버리고 싶을 거면서

너는 자몽 껍질을 깐다
아까 호두를 깨다 다친 손이다

날이 밝으면 쓰레기차가 올 것이다

개수대의 수도꼭지를 틀자
투명한 벌레들이 왈칵 쏟아진다

바스티유로부터

한번쯤 우리의 그림자도 닮은 적이 있었다
네가 등을 보이며 햇불을 손질하던 그 때
색 바랜 불빛이 발목 묶인 채 세느강으로 던져지던 날

왜 그토록 수많은 햇불들을 쳐들었는지 안다
어둠을 더욱 극적으로 만들고 싶었을 것이다
내가 우는 것을 잘 보고 싶었을 것이다

네가 거짓말을 내놓으라고 소리쳐서
사랑했다고 말했지 그래야 내가 살 것 같았어
우리는 서로에게 가장 아픈 사람이어야 했다
철창 사이로 돌이 던져져 올 때
나는 사실 거기 없었어

단 하루였고 단 몇 시간이었다
이별이 끝나자
그늘진 골목의 소녀가 이쪽을 보고 잠깐 웃어 보였다
지극히 상징적인 소녀였다

던져준 돌멩이는 창가 아래 잘 쌓아뒀어

몇 번의 우기가 지나고 너의 지도가 바뀌었지만
네가 여태 그날을 그리워한다는 소문은 들었다

질의 삶

작은 동굴 속
모닥불 주위에 모여앉아
그림자 맞추기 놀이를 했다

저건 잘린 손가락
탱고를 추는 노파
아니 붉은 토끼야
우린 참 가진 것도 많다고 생각했지

자고 일어나면 동굴 밖으로부터
무서운 편지들이 날아왔다
여긴 지옥이야! 이상.
손톱으로 꾹꾹 눌러 접은

서로를 등 뒤에서 안아주다 귀를 대면
목소리가 조금, 크게 울렸다
신기하다 더 말해봐
나는 잘 모르겠는데

비를 맞진 않았다

가끔 감은 눈꺼풀 위로

석회질 섞인 물방울이 떨어졌다

나뭇잎과 단풍잎과 낙엽

창문과 노을과 무지개

나와 그녀와 엄마

사실은 모두 같은 말

언니들은 굳은 박쥐를 뚝뚝 따서

해수면을 향해 던졌다

원래는 이 곳도 바다였다고 했다

파도가 절벽을 향해 주먹을 휘둘렀다고 했다

미모사
– 나를 만진 너에게

내가 모르는 줄 알겠지
얼음이 저 홀로 녹았다
간밤에 큰 비가 내렸다
그렇게 믿는 줄 알겠지

내게 준 푸른 새의 마지막 날갯짓을
신기하다고 지껄일 때
내가 손가락을 짓찧어
죽은 새의 감은 눈 위에 올려준 걸
꿈에도 모르겠지

아직도 네가 나비였다, 떠들겠지

서울
오면
연락해

아기 고양이, 프리

어느 날 길에서 새끼 고양이를 주웠다
찬밥을 허겁지겁 삼키던 딱 주먹만한 아이를

너는 가끔 계피사탕 같은 눈으로 나를 올려다보며
우리는 서로에게 묻는다
내가 아니었으면 넌 죽었겠지?

너는 나의 약봉지를 헤집어놓고
새 담배를 밟아 부러뜨린다
야윈 등을 내게 부비며 나란히 눕는다
한때 우리가 각자 잃어버렸던 체온을 나눈다

네 가느다란 울음소리를 듣는 것이 좋아
나는 자꾸 꼬리를 만졌다
누군가는 도마뱀처럼 댕강, 제 꼬리를 잘라버리고 달아났지만
(나는 차가운 꼬리를 잡고 오래 울었지)

이름을 부르면 온다

한 잎의 즐거운 감정처럼 나풀거리며 달려와

너는 내 맨발을 깨문다

방금 딴 청량한 탄산음료처럼

나는 이제 연두빛으로 웃을 수 있다

사월, 프리지아 꽃망울처럼

너는 내 책상 위에, 웅크린 채 잠든다

서울 오면 연락해

누가 온다고 한 것처럼
냄비를 데우고 칫솔을 샀다
너는 떠나기 전 양치질을 하는 습관이 있고
매운 치약을 다 삼키고 엄살을 부리는 건 내 몫이었지

뱉어놓은 침 모양대로
아스팔트에 얼룩이 졌다
집 밖의 일은 늘 모호했지만

1월의 방아깨비나
내가 버린 고양이처럼
사실은, 죽어버린 것들이 세상에서 제일 예뻐
나는 네 앞에서
박하를 띄운 청산가리를 흔든다

이를 닦으면
잠을 자거나 하루를 더 살아야 한다
오래된 잇자국이 선연한 너의 살갗
언니, 뭐라고 하는지 잘 모르겠어요
입술이 오므라들어서
네가 나를 못 알아볼 것 같다

익숙한 자음들이 흩어졌다
알파벳의 세계로
너는 외로워 보이는데

나는 이제 시를 안 써
그래도 여기는 네 사랑니가 있는 곳 그러니
서울 오면 연락해

주전자의 감정

하나의 슬픔을 생각할 때마다
미간 사이로 물이 끓는다
두 번, 열세 번 우린 페퍼민트 티백처럼
마지막 한 모금까지 후후 불어 삼킬 때
혓바닥이 찻물의 온도를 이해할 때
내가 사랑하는 이들로부터 새로운 찻잎이 배달된다

다음엔 바닷가재

손톱 발톱이 길어질 때마다
내가 내게서 달아나려 안간힘을 쓰는 것 같아

또각또각 깎여나간 투명한 괄호들이 나를 가둔다
사실은, 사실은 하면서
진실은 휴지통에 버린 지 오래
손이 빠져나간 두꺼비집처럼 온 몸이 외로워지면
다시 해수면이 차오른다

허물어지는 것도, 허물을 벗는 것도 익숙하다
어느 쪽이 나인지는 내가 제일 모를 자신이 있다

박서빈씨에게

낯모르는 당신의 이름이 내 우편함에 쌓여 가요 서빈씨
이번 달 건강보험료는 잘 내셨나요
나는 매달 잠시 걱정합니다
당신은 나 이전에 이 주소의 기억으로 살다 떠난 사람 혹은
나와 함께 살면서 마주하지 않는 사람
유령이라기엔 다정하고 안부라기엔 희미합니다

때로 나는 당신을 생각하는 것처럼 느껴집니다
오랫동안 물 주는 걸 잊었던 화분이
저들끼리 푸를 때나
배고프다
배부르다
소리 내 중얼거리는 순간에요
나보다 외로운 사람이 있을 거라고 생각합니다
그러면 괜찮아져요
그렇게 열한시를 우겨내요

아시다시피
나는 신 걸 먹으면 왼쪽 어금니가 부서질 것처럼 시려요
그래서 밤에만 말이 많아지는 거예요
햇볕이 입에 들어갈까 봐 무섭거든요

그럼 혼자 사는 게 쉬운 줄 알았니
친구가 한 말이에요
뭐든 냉동실에 바로 넣어놔라
그럼 한참 나중에 먹어도 괜찮다
이건 가족이 한 말입니다

늦은 귀갓길, 얼음칸처럼
불 꺼진 우리 빌라를 바라보며
서빈씨 일찍 잠들었네
속으로 중얼거립니다
그러면 괜찮아질 것 같아요

흉

보일러를 틀고 한참이 지나야
비로소 창이 흐려졌다
창을 열려는 손자국이 수몰된 섬처럼 떠올랐다
바깥에서인지 안쪽에서인지 모를
가만히 손을 맞추어 대보면
조금 작기도 한

결국 액자를 포기하기로 했다
술 취한 애인처럼
액자는 벽에 기대어 있다

내가 들어올 때 실크벽지로 도배했다고
주인은 보증금을 올렸다
고양이를 허락하는 대신
벽에 흠집 하나 내지 말라고

그깟 액자! 콧방귀를 뀌며
벽에 못 자국이 많으면 재수 없단다

전화선 너머 엄마의 괄괄한 목소리를 듣다가 풀이 죽는다
그럼 다 엄마 때문이구나
나 초등학교 때부터 상장 다 걸어뒀잖아

창문은 벽의 진심
한번 닿은 지문을 끈질기게 기억한다
독신의 기록부처럼
열이 끓던 손바닥과 희미한 손금의 이주를

만성비염을 앓는 엄마는
이제 그 놈의 고양이 제발 좀 갖다 버리라고 하고
나는 어차피 엄만 여기 안 오잖느냐
새파랗게 대든다
싸가지 없는 딸년
때리러 오라고

공론화

(나에게는 공식적인 우울이 필요해.
단단하게 부푸는 포도알처럼
까맣고 설득력 있는 아픔이)

1970년, 미국에서 낙태가 합법화되었고
내가 태어나던 1990년에는
범죄율이 크게 줄어들어 있었다. 고
와인을 마시며 이야기를 들려주었죠.
부럽네요. 그토록 명쾌하다니.

걸어서 어디까지 가보셨어요?
벌교까지라는 대답에 당신이 웃었어요.
도로변에서 마주한 배가 터진 짐승이나
벌교까지 슬펐다는 이야기는 다음에 해요.

나의 불면에 당신은 난처해질 테니까요.
먼지 쌓인 슬리퍼나 솜이 뭉친 베개 같은 건
당신 잘못이 아니니까요.

나는 흉이 없는 게 흉인 사람이어서요.

내가 당신의 흉이 되어 주겠다면 당신은 또 웃겠지요.

도로변을 걸으며 짐승 시체들을 가여워하던 마음으로

그렇게 다음 없는 마음으로

그러니까

다음에요 내가 잠이 들면 들려줄래요.

잠정적인 용감한 시민으로서

포도를 밟아 으깨던 소녀들의 붉어진 뒤꿈치와.

와인이 찰랑이는 젖병을 빨며

아기는 무럭무럭 자랐다. 고.

나처럼 이케아

선배, 광명까지만 태워다 줘
우리는 이케아로 가려 한다
십자 나사를 박아 구멍을 메우기 위해
덜 삐걱대는 의자를 위해

차가 없으면 힘들겠더라구
여기도 해가 지지 않는다면 걸어갈 수도 있을 텐데
이제 통금 시간 없으니까

베이지색 펠로 암체어. 플로어 스탠드. 빌리 책장. 링곤베리 잼…
형광펜으로 쓴 목록들을 읊다가

완두콩 한 알 때문에 잠을 못 잤다는 공주 얘기 알아?
난 그렇게는 안 살아 선배
너는 입을 다문다
아랫입술 속으로 콩을 잔뜩 숨긴 채

예쁘게 잘 꾸며놓고 산다고, 내 소파에 앉아 감탄했지
나는 홍차에 레몬을 띄우며
사실은 야채박스 안에서 양파가 썩고 있단다
우리는 서로의 나이를 잊은 지 오래지만

조립하다가 모르겠으면 전화해
후추 쿠키랑 데운 와인을 마시자

너는 형광펜이 묻은 손으로 안전벨트를 매며
선배 이제 출발해요
얘 그런데 이거
엑셀이 왼쪽이니 오른쪽이니?

플라세보

한 뼘의 기억에
너무 많은 것들이 뭉쳐있다
넘어져 생긴 멍처럼
푸른 잠옷에 새겨진 주름처럼

다리가 무너지고 건물이 불타는
무서운 예지몽을 꾸는 것보다
따뜻했던 풍경에 취하는
매일 같은 꿈을 꾸는 것
숙취란 이런 것
악몽은 모호해진다.

내가 같은 속옷을 오래 입는다는 걸
이제는 아무도 몰라
밤마다 세면대에 찰랑대는 표정에 대해서도

성실하게 출근을 하고 회식을 해도
통장은 처음처럼 가벼웠다
변하지 않는 게 하나쯤은 있어야한다만

별똥별이 떨어지지 않으면
별을 다 쏴죽이고 싶었다
나는 쏟아지는 별빛을 청순하게 좋아한다고
생각하기로 한다

계절 내내
천장에 푸른곰팡이가 피었다
근육통을 앓는 밤하늘처럼

고양이의 슈뢰딩거

관람하기 좋은 방이다
둥근 창을 낸 직육면체의 가설
너는 나를 죽일 수도, 살릴 수도 있지만
오늘은 아니겠지
내일도 아닐 것이다

햇살이 느껴진다. 고 믿으면
지하 5층에서도 햇살을 느낄 수 있어
태양은 절대불변의 존재니까

나는 제일 사랑 받던 고양이였어
내뱉는 순간 증발하는 말
구름이 되어 비로 쏟아지는 말
사막의 오아시스를 채우는 말
구름은, 절대불변의 존재니까

믿는 만큼만 살아진다
차라리 잊혀지는 게 좋았다

너도 아는 그 집

너도 아는 그 집 얘기야 고시생 집 아니 고양이 키우는 집 아니 마누라 바람난 집 아니 아무렴 어때 그 집에선 대낮부터 요상한 소리가 난다더라 너도 아는 그 소리야 그래 몇 시부터 아무렴 어떠니 벌건 대낮부터 그런다니까 우리 빌라는 방음이 약해 그러니까 누가 죽어도 모를 거란 소리는 너무 잔인해 안 그러니 어제는 글쎄 밤새도록 울음소리가 들리더라구 어찌나 서럽게 울던지 나까지 눈물이 나서 한 잔 했어 어떤 집에서 알 게 뭐니 빌라 입구에 누가 팬티를 버려놨어 망측해라 팬티가 아니라 햄스터 시체였나 망측해라 아니 머리카락 한 무더기였나 봐 망측해라 어젯밤에 봤는데 아침엔 없어졌어 그래.

그랬구나

미망

어느 여배우의 자살,

그녀가 벗어둔 구두는 그 해 십만 켤레 이상 팔렸다

기억에 남을 만한 신발이 한 켤레도 없다

조금만 걸어도 발이 아파서 다 갖다 버린 신발들
내가 등을 떠밀었던,
나와 닮은 귀신들이 세차게 창을 두드려댄다
오해란 이런 것
맨발로 혼자 서성이는
너도 귀신이지 너도 귀신이지
부유와 투신의 차이는 단 일초에 불과하듯

끝없이 긴 신발 끈으로
목을 조르며 울던 귀신이야기를 내가 했던가

라이터를 주머니에 넣고 잠든 날엔
좋아했던 그 사람의 마른 발목을
손도끼로 쿵쿵 잘라 모닥불을 피웠다

서로의 이름을 붙인 금붕어를 뾰족한 연필로 구워
다정하게 입 속에 넣어주었지
검은 맛이 나는 살점을 씹으며,
그래도 그건 따뜻한 꿈
깨어나면 불덩이를 삼킨 것 같았지만

투신한 이들은 모두
흉한 맨발을 가졌거나
구멍 난 양말을 신은 채 발견되었다

신발 두 켤레를 나란히 놓고 뛰어내리면
나는 외로움을 숨길 수 있다
거울을 품에 안고 뛰어내린 것보다 더 모호할 거야
어느새 닳아버린 굽처럼
아스팔트 위 제 발자국을 찾아 헤매는 도시의 귀신들

아토피

죽은 고양이가 어느 날 새벽, 내 명치 위에 올라앉아있다
살갗 아래 개미들이 일제히 고개를 들었다

내가 세탁소 옆에서 오래 밥을 줬던
잡아다 키우려 했지만 번번이 달아나던 고양이
죽은 새 같은 거 물어다 준 적 없던 고양이
며칠 전 전봇대 옆에서 한참을 토하다 죽어버린 고양이
지저분한 털 사이로 쏟아진 그쪽의 개미와 내 쪽의 개미가 만
난다

개미들은 쇄골을 지나 입술을 향해 행진한다
단내가 나는 곳으로
불룩불룩 대는 연한 땅 위에서도 씩씩하게
저들끼리 손을 맞잡고 있는 것 같다

이건 다 환각일거라고 생각하지만
고양이가 눈도 깜빡이지 않고 나를 본다
용서하지 않겠다는 뜻이다

네 밥에 약을 탄 건 내가 아닌데
그런 울음소리를 내는 법을 배운 적이 없다
소리를 내면 네가 달아날 것 같았지

고양이가 발소리를 죽이고 새를 잡으려던 것을 본 적이 있다
잡아다 키우려고 했을까
새에게서도 개미가 나왔을까

나보다 고양이 몸에서 더 많은 개미들이 나온다
누운 내가 고양이의 그림자처럼 새까매지자
만족한 듯 그르릉 거리는 소리가 났다

르네상스

나는 나를 빚기로 한다
너무 쉽게 낫는 병이 있어
가장 슬플 때를 놓치면 안된다

부드럽게 반죽된 석고를 삼키는 건 어렵지 않다
발끝에서부터
입을 막고
눈을 가릴 때까지

나는 너무 쉽게 용서하는 습관이 있다
가장 부서지기 좋은 기분이 되면
누구나 명치에 칼금을 그어주러 온다

바삭한 표정을 벗겨내면
한 덩이의 새하얀 자세가 박제된다
나는 나를 잊기로 한다

우리들은
자란다

우리들은 자란다

시체라도 닦을까
이월의 마지막 새벽, 마침내 네가 소주와 함께 토해낸 말
너의 휴학은 아무 거리낌 없이 진행되었네 마른 김에 밀가루
떡을 말아 씹던
우리의 텁텁한 목구멍만 쓰라리게 헤져 갔을 뿐

가로등 아래
꼬리 잘린 고양이가 정신없이 핥고 있던 텅 빈 자장면 그릇
너의 부재는, 미안하게도 딱 그 만큼의 무게로 시무룩했지

우리는 포도맛 풍선껌을 나눠 씹으며 쿵쿵 걸었네
불량스럽게 딱! 딱!
오래 전 저녁마다 들었던 손바닥 맞는 소리처럼
다문 입 속에서 터지는 푸른 바람

너는 매일 초저녁, 세차장에서 낡은 범퍼를 닦아내지
언젠가 네가 술 취해 안았다던 살찐 매춘부처럼

얼룩진 자리마다 뜨거운 손바닥이 닿았네
둥글게 엎드린 그녀들이 너에게 내민 지폐는
함부로 구겨져 있었지만

정말 시체나 닦을까 너는 시 써서 돈 버니
우리는 살이 연해서 뺨이 자주 아프다
계절은 언제나 알맞게 우리를 적셔주고 가네

오늘, 네 손에선 낯선 냄새가 많이 난다

새벽이 무심코 떨어트린 유성조각
무럭무럭 자라는 손톱
편의점 위스키와 굵은 소금
굳어버린 풍선껌
세차하러 왔다 그냥 돌아간 범퍼들이 내뱉어놓은 쌍시옷
까드득 까드득 깨물어 삼키며, 우리들은

언니가 간다

가슴이 다 자란 언니들은 결국 떠나버린다
현관문에 붙인 언니들의 엽서에는
아름다운 자연과 세계 명소 따위의 지루한 풍경들
우체통은 멍청하게 무거워지고

답장 대신
부드럽게 접힌 공과금 청구서 뒷면에
연한 연필로 동생들 이름을 적어 보냈다
집을 떠난 언니들에게
우리를 기억하라고
(폭력의 근원은 모두 이 곳이었다)

양치질 한 동생들의 입 속에 오렌지 푸딩 같은 달을 떠먹이며
언니들의 일기를 읽어줬다 그토록 소중하다고 했으면서 다 놓
고 간 것들을
알전구가 흔들리며 깜빡거리고
동생들은 언니가 되는 꿈을 꾸고
우리들은 왜 하필 부끄러운 배꼽이 닮았을까

"언니가 오면, 우리 언니만 오면……"
코피를 흘리며 씩씩대던 날들
싸움을 참는 법을 배워야 비로소 언니가 되는 거
언니는 비겁해

엽서 속 언니들은 과거형으로만 이야기 했다
이젠 눈물 흔적도 없이, 지금은 안 그런다는 듯
나는 동생들 앞에서 미래형으로만 이야기 한다
언니들처럼은 안 될 거라고

가슴에 칭칭 동여맨 붕대를 남몰래 풀다가
언젠가 동생들에게 보낼 엽서를 미리 써보곤 했다 내가 죽어도
너희들에게 엽서는 와야지 부쳐준 청구서는
언니가 잘 해결했다고

취미

달걀후라이 같은 건
별로 열심히 만들지 않아도 된다
요리사가 될 것도 아니잖아

헛헛한 새벽엔, 깊은 수심을 눈부시게 난도질하던 세네갈 갈치
떼가 생각났다
그것들은 나를 생각하고 있을 것 같지 않다

오랜만에 만난 사람일수록 죽은 말티즈의 안부를 물어보는 일
이 잦았고
갈치 가시가 걸린 목소리로 가끔 납골당에 간다고 대답했다

부서진 손톱이 쌓인 해안가
거기 있는 자두나무가 세상에서 가장 맛있는 열매를 맺는다는
소문이 돌았지만
통조림은 매달 꼬박꼬박 배달되었다

아직 거품기가 남은 미끄러운 손으로
다들 잘 썩고 있니
냉장고 문을 열고 다정하게 인사를 건네지

몇몇 과일들은 제 씨앗을 보여주려 안간힘을 쓰지만
밀폐용기 속의 이야기는 밀폐용기 속에 남겨두기로
아픔 같은 건 꼭 잘하지 않아도 된다

학창시절
– 우리들은 자란다2

사과향기가 나는 비누를 썼다
어두운 수돗가에는 우리의 입술들이 흥건했다
스타킹이 자주 찢어졌다 단화 속 모래알맹이
말랑한 발바닥, 병아리 울음소리가 나던 신발들

연못 옆 왕벚꽃나무
거기서 교복치마 안에 체육복바지를 입은 여자애들
많이 떨어졌다 꿈속이 아니었는데, 우리는 키가 크고 싶어서
꽃잎처럼, 다 태우지 못한 담배꽁초처럼

네가 하던 작은 옷가게가 망했다는 소문을 들었다
우리는 같은 수선집에서 교복을 줄인 적도 있었는데
이제 공무원 문제집을 들고, 마주 보며 웃는다
너의 이니셜이 새겨진 은빛 간판
아직 못 내렸다 했다

체육도, 음악도, 미술도 배우지 않아도 되는 나이가 되었어
대신 뾰족한 앞굽 속에서 휘어지는 발가락
서로의 흰 맨발을 까먹었지

하지만
아직도 반짝이는 건 좋아해
우리는 눈이 더 축축해진 것 같아

이제는 머리를 마음껏 기를 수 있는 나이가 되었어
물에 젖으면 무거워졌다
숙취처럼, 우리가 빠트린 연못 속 동전처럼

여의도 철학관

사주를 보면 딱
예술 할 팔자라고 나왔다
나는 울고 싶을 때마다 사주를 보러 갔다
용하다는 철학관만 피해 다녔다

입이 작은 관상이 예술가가 된다지
우리는 모두 말을 아낀다

여의도에 벚꽃이,
피려 한다는 뉴스를 듣는다
꽃이 피는 시간에도 사주팔자가 있다면
나무는 얼마나 안간힘을 쓰고 있을까

오래 곪아 흉 진 상처를
점이라고 우기는 사람들
주먹을 쥐었다 폈다
손금을 구기는 사람들의 절박함에 대해

여고생들이 박수를 치며 꽃잎을 잡는다
나무를 흔들어 우수수 꽃비를 내리게 한다
너희들의 얼굴은 아직 자라는 중이다

사월엔
여의도 벚꽃 백일장이 열린다
삼십 만원의 상금
예술을 하는 나는 월세를 내야 해서 간다

출생신고를 안 한 엄마는
어릴 적 죽은 이모의 이름과 사주로 산다
잃어버린 이름은 어디에서 자라고 있나 나의 첫 번째 엄마는

아담스 애플

사과는 과일들을 잘 북받치게 한다
바나나의 고향에 대해, 사라진 오렌지의 근황에 대해 다정하게
묻는 사과의 습관은
울음보다 늘 위로가 먼저였다는 최초의 가설

애들은 하나가 울면 덩달아 운다
이 어리둥절한 꼬리 물기
해빙기마다 부풀어 오르는 흙바닥의 냄새와
야채박스 안에서 사이 좋게 상해가는 과일들의 감정 같은

멍든 복숭아처럼 뒷주머니에 손을 꽂고 다니는 사람들을 볼
때면
아직 몽고반점이 남아 있거나, 등 뒤로 사과씨앗을 감추고 있
을 것 같다
첫 번째 울음
그 이전의 것들은 비밀에 부쳐두기로

못 박힌 벽의 뒷면처럼 때려야만 나오는 물음과
종량제 봉투처럼 막아야만 터지는 울음 중
무엇이 더 첨예한 고집일까

애들은 가장 먼저 삼키는 법을 배우지만
아무데서나 침을 잘 흘리지
우리는 깨끗함과 외로움을 자주 혼동하고

어떤 비밀은 키보다 목소리가 먼저 어엿해지게 했다
목에 걸린 씨앗이 무럭무럭 자라도록
다문 입 속으로 고이는 침을 씩씩하게 삼키도록
깨물면 어금니가 다 부서질 것 같았다

다큐멘터리, 초원

사바나의 아기기린은 서서 자는데도 떨어지는 꿈을 꿉니다
잔디가 바삭거리다 땅이 웨하스처럼 부서지면
힘껏 달려도 헛발질만, 허공에 대한 공포는 그때부터였을까요
매일 아침 사각사각 자라는
속눈썹은 눈물을 먹고 길어집니다
떨어지는 꿈은 키가 자라는 꿈이란다
아기기린을 핥는 엄마기린은 회색 혀를 가진 골초입니다
아카시아 줄기를 씹어도 피가 안 나는
훌쩍 키 큰 엄마는 겁쟁이라
밤새 속눈썹을 챙처럼 내리깔고 잠든 척을 합니다
단단해지는 목의 무게만큼 편두통이 심해져요
키가 자랄수록 땅을 내려다보기 겁이 나고
표범이 씹다 버린 동생의 앞다리를 볼 때처럼 발굽이 가렵습
니다
떨어질 때마다 팽팽해지는 온 몸의 그물무늬
속눈썹이 짧은 아기기린은 머리를 덜 찧어서
아직 말랑한 뿔을 달팽이처럼 세우고 또 잠이 듭니다
기린의 꿈나라에는 히말라야 산양도 함께 뛰놉니다

틴 벨

열일곱 살 적엔
누군가 죽는 소리가 자주 들렸다
슬플 이유가 충분했다

청춘

내 눈을 할퀴고 간 녹색 마분지
정오의 시계바늘 끝에서 터지는 청포도

우리는 눈부신 맨가슴을 내놓고 낮술에 취하자
오이비누를 갉아먹는 햄스터처럼 향기로운 입술로
모두가 뱃병을 앓았고 병원으로, 정원으로, 더러는 술집으로 경
쾌하게 흩어진다

더 아프기 위해 젖은 새벽 잔디밭을 맨발로 해맸네 한 손엔 소
주병
깨트리지 못한 우리의 울음은 별빛을 받아 반짝반짝 빛났다

낡은 울타리의 페인트를 손톱으로 긁어내며
세상에서 가장 매운 채소를 씹으며
우리는 처음으로 화장을 배웠지 붉어진 손끝으로 땅을 파고 꽃
씨를 심었다
꽃들의 이름을 부르다 보면 슬퍼졌다

창가에 올려놓은 나무연필은 금세 따뜻해졌다
우리는 말랑한 살을 맞대고 한껏 취해 낮잠이나 자자
햇빛아래 누워 눈을 감으면 어둠은 검정이 아닌 새빨간 젤리
였고
어금니 사이 터지는 자몽향
이었다가

너는
어느 날 갑자기 내 등 뒤로
꽃송이 채 떨어진 살굿빛 유리 꽃

나는 돌아보지 않는다

아방가르드 미식회

그들은 은밀하게 모여 미슐랭 가이드를 불태웠다

이끼 샐러드와 두더지 육회, 겨드랑이로 으깬 딸기셔벗
못 먹을 것들도 그들은 먹는다 혁신적으로
식사라기보다 전위예술에 가까운
관람하던 누군가는 울음을 터트렸다
몇몇 요리사들이 소극적으로 항의하다 퇴근했다

'칼과 포크를 든 예술가들'이라는 기사를 정정하며
칼과 나이프는 엄연히 다릅니다
포크와 쇠스랑의 거리만큼
적어도 우린 개고기는 안 먹습니다

대부분의 시민단체가 침묵하는 동안
일각에선 그들이 업계를 풍성하게 만든다며 침을 튀겼지만
어느 쪽이든 아침엔 보편적인 입 냄새를 풍겼다

식탁만큼 유구한 것이 또 있을까요

여러분들은 그렇게 사세요 평생

평온한 독재와 빛나는 혁명 사이, 자주 냄비 타는 소리가 났고

식사가 끝나면 혓바닥을 지갑처럼 점잖게 숨기고 오래 신발끈
을 맸다

누군가 죽어야만 신입회원을 받았다

비평가들은 매일 그들을 보러 갔다

현대 못들이즘의 이해

미술관 관장이 애를 지웠다지
그녀의 어린 애인은 칠레로 떠났을 것이다
한 겹의 진실보다 한 권의 유추로 그녀는 고백된다

우리는 날뛰는 소문의 말꼬리를 잘라 세상에서 가장 부드러운
붓을 만들었다 물감을 만들기 위해선 물보다 진한 게 필요해 힘
껏 입을 다문다 최대한 농축되는 그런 기분으로

애도는 표정으로
조롱은 안색으로
위로는 섹스로
안도는 체위로
은밀하게 은유 되는 것

예술만이 나를 치유할 수 있어요
그녀를 위해 더 많은 작품을 걸어야만 했다
끊임없이 새로운 벽이 생겨나고

복도는 점점 좁아지고
견학 온 어린이들은 덜 마른 캔버스 앞에서 멀미를 했다

길을 잃어도 쫓겨나지 않도록
가능한 입장권이 잘 보이게 손에 쥐고 서있을 것

골목 곳곳에 우뚝 서서 청동 동상처럼 분장한 채 침묵하는
어떤 자세는 구걸이
어떤 불행은 공연이
어떤 발작은 수화(手話)가 되었다

그녀가 광장 한복판에 까만 포도를 토해냈다
작품이라기엔 턱없이 모자랐지만
그래도 한 번씩은 밟아보고 갔다
우리니까 이해한다는 듯

껍질의 가능성

칼은 위험하니까, 과일을 깎는 것은 어른의 몫
사과심지에 붙은 마지막 한 조각은 칼을 든 사람의 몫
깨끗한 알맹이를 냉큼 받아먹기만 하던 때를 기억해

(비난 속에서 사라졌던 그가 시체가 되어 발견되었을 때
그의 가능성에 대한 발견과 아쉬움이 터져 나왔다)

껍질을 벗기고 난 후에야 알맹이의 가치는 평가되었지
이미 돈은 냈고 과일 트럭은 떠났어
접시에 물을 준대도 처음으로 돌아갈 생각은 없어 보인다

(너는 늘 내 꿈속으로만 찾아와 울음을 터트리지
한 겨울의 나체 앞에서처럼 불편했어)

오렌지를 반으로 가르자 석류알이 가득했다, 는 거짓말은
애들이 말할 땐 믿어주는 척 하자
그랬구나, 그랬구나

(썩은 토마토 속에서 은밀하게 새싹이 자라고 있다
칼을 대지 않으면, 곧 죽어버릴 텐데)

경제가 어려워지자 껍질도 요리되었다
옛날 같았으면 비료로 쓰였을 것들이
아득바득 식탁에 오르네 기특하게도

(나무의 껍질을 수천 겹 벗겨내도 과일은 멸종되지 않을 것이다)

달력의 기분

송년파티에 모인 사람들
모두 암묵적인 불륜 속에서 새 애인의 회비를 낸다
주인공은 끝까지 보이지 않았거나 아무도 찾지 않았거나
그녀가 아프다는 소문이 돌자 모두가 안심했지 그것 참 어쩔
수 없군
좋은 사람이었어
짐짓 아쉬운 얼굴로 새 애인의 엉덩이를 쓰다듬는다

술을 섞어 마시며 우리는 초등학교 동창처럼 어색하게 친밀해
운동장을 가로지르며 씩씩하게 행진하던 발자국들을 기억하지
밑단을 둘둘 접은 골덴 바지와 12월의 콩주머니
막연한 기대 같은 것들을 없었던 일로 하고 싶어

가장 합당하게 이별한 연인들의 방식으로 대화한다
적당한 아쉬움과 적절한 격려가 섞인
위로 비슷한 고백으로
변기에 머리를 처박은 이들의 등을 토닥인다

매년 겨울, 취하면 옷을 벗어 던지는 객기가 유행했지
얇아질수록 무거워지는
시적인 무언가가 되고 싶나 봐
새벽의 베개나 월급봉투, 마지막 일력처럼
우리는 모두 함축적인 어른이 되었어 아무렴

아무도 선뜻 계산서를 집어 들지 않았다

동이 트자 그녀가 쿨럭이며 나타났다

핀

아무한테도 말한 적 없는데 어떻게들 알고 왔니 생일을 축하하
겠다고 온 친구들이 와아아 고깔모자를 씌웠다 오늘은 네가 주
인공이잖아 생일 축하해

케이크에 음각으로 새겨진 내 얼굴 멕시코에 사는 내 친구가 너
한테 축하한대 모르는 에스파뇰로 적힌 긴 카드를 받았다 일회
용 숟가락으로 다 같이 케이크를 파먹기 시작했다 세워지는, 혹
은 파헤쳐지는 순백의 콜로세움 개미들이 바퀴벌레 새끼로 투
우를 즐길 수 있도록
숟가락을 놓을 때쯤 가장자리 생크림이 무너져 내렸지

오늘은 나의 모든 언어가 방백이 되는 날 친구들은 박수치고 웃
고 신중하게 고개를 끄덕였다 저 뿌듯한 순수함 책상에 엎드려
우는 사람 아래로 들이미는 표정 같은

멕시코에서는 생일날 커다란 종이인형 속을 간식으로 채워 공
중에 매달아 터질 때까지 몽둥이로 두드려 팬다더군 누군가 큰
소리로 카드를 읽었다

-누가 케이크를 가장 많이 먹었지? 누가 비밀을 가장 많이 감추고 있지?

　가장 신비로운 방식으로 통닭이 배달되었다 초인종이 울리자 모두 바퀴벌레처럼 숨었다가 현관 등이 꺼진 후에야 기어 나왔다 이제 더 올 사람도 없을 테니

　모자를 벗으려 하자 모두가 섭섭해했다 아직 사진도 한 장 안 찍었는데 우리는 카메라 타이머를 맞추고 빽빽하게 뷰파인더 속으로 모였다 우스운 고깔모자는 나만 쓰고 있었다 핀조명이 비추는 주인공의 자리 플래쉬가 터졌고 나는 웃었다 관객의 표정은 이쪽에서 보이지 않았다 한 명도 없을 거라는 생각은 해본 적 없었다

질문은 수업이 끝난 후

일렬로 늘어선 숭고한 술병들은 동이 트면 깨끗이 치워졌다
우리는 매일 모였었다
교실 뒤에서 배가 터진 채 죽어있던
금붕어를 애도하기 위해

침엽수 우거진 숲 속에서
짧은 손금을 바느질 하는 법을 배웠다
이렇게 살면 되나요
무례하고 아둔한 소리를 툭툭 던져가며
어항 속에는 낚시 바늘 같은 물음표가 쌓여갔다

간혹 먼 해변에서 사람이 죽어 떠내려 오고
짠물에 퉁퉁 불은 귀신들이 손목을 잡아끌면
붉은 자국이 한참이나 남았다
우리는 그걸 멋대로 꿈이라고 불렀다

계절이 바뀌면
땀을 흘리며 긴 옷을 입고 졸업하는
언니 오빠들을 배웅했다

동창회는 아무래도 열리지 않을 것 같다
어두운 숲 속에서
선생님의 퇴근이 늦춰지고 있었다

(죄송해요 선생님
가르쳐주신 들꽃 이름들 저는 까먹었습니다
하지만 어째서 이곳에서는
꽃이라는 한 글자만으로)

인도식 팬케익

나의 생애는 한 시간 안으로 끝내도록 하자
액체에서 고체가 되기로 결심하는 동안
배꼽 위로 터지는 기포들
놀라움을 학습할 때마다 내게도 전생이 있었던 것 같다

몸을 뒤집으면 나 이전에 여기 살았던 언니의 냄새가 난다
우주는 둥그니까 자꾸 죽어나가면
온 세상 냄새들을 다 담고서 오겠지

부엌의 쪽창으로 바다가 넘친다면 한 번 더 반죽이 될지도 모
르지만
오늘은 오늘의 팬케익이 되는 일에 집중하자
달콤하고 다정한 맛으로 익어가기 위해선
쇄빙선 아래의 일이나 해초의 부력은 생각하지 않기로

예쁘게 엎드려 편편해지는 동안 부엌 천장에서 천천히 낚시 바
늘이 내려오는 꿈을 꿨다

여긴 물속도 아닌데? 나는 엎드려있는데?
쉿! 아무 질문도 하지 마 절대로 엮이지 마 갈가리 찢어질 거야
울면서 엄마를 찾았는데 눈물은 나지 않았다

후라이팬의 세계에서 접시의 세계로 식어갈 때
풍선의 기분이 이해될 때
나의 기도가 천천히 창밖으로 흘러갈 때
한 장의 동그란 혁명이 완성된다

누군가는 빵이라고 부르고, 다른 누군가는 달이라고 부를지도
모르지만
나는 팬케익이라는 데만 집중하자
귤잼의 사연은 귤나무의 일이다

슬라이딩 퍼즐

소문이 빚어낸 퍼즐조각들
귓바퀴를 떼어 코끝을 세우고
뱃살은 두 뺨에다 탱탱하게 붙였어요
나만 알 수 있을 테지만
더 좋아지는 중입니다

이것은 똑똑해지기 위해 골몰하는 일
이를테면, 그들은 내게 왜 그랬을까요
지난 토요일을 어제의 옆에 두고
아침의 설탕과 저녁의 촛농을 나란히 놓아도
도무지 아름다워지지 않아요

한 칸씩 기억을 바꾸다가
가끔 작은따옴표의 안팎이 뒤섞일 때
타인의 표정은 기쁜 듯이 곤란해집니다

나를 맞추려는 손가락들이 몰려들어
장마전선 옆에 캠핑백을, 속옷빨래 속에 밀가루를,
케이크 위에 십자가를 끼워 넣고 박수를 쳐요
내일이면 손찌검이 될지 모르는
저 투명한 위로들

선물 받은 선글라스는 세상 모든 예쁜 색을 다 합친 검은색
나의 기분에게는 예술이라는 말이 가장 잘 어울리죠

자동차가 떠나가는 매운 소리를 코로 맡는 사람
입 속에서 자라던 말들을 유산하는 사람인 것은
나만 알면 됩니다

익숙해졌거든요
지나가던 피카소가 괴물을 보듯이 쳐다보는 일

이곳은
– 송이에게

우리의 맨발 아래 터진 풀벌레들의 푸른 울음을 엮어
이불을 만들었다 우리는 한겨울, 따스하게 보냈다

자고 일어나면 진흙으로 만든 발목이 더 단단해져 있다 늪으로
걸음을 옮길 때면 모래가 떨어진다고, 발바닥이 아프다고 너의
뒤를 따르던 노란 코끼리들이 울었다 우리는 모른 척 해야 한다
그래도 계속 네 뒤를 따라왔다

너는 입김이 싫다고 했다 물고기가 내뿜는 물방울이 너에겐 어
울려 시인들이 토해낸 늪을 찾아간다 거기서 발만 참방이다 돌
아오곤 했지 우리는 아직 겁쟁이라서

해가 지면 모닥불을 피우고 초원의 순한 동물들을 다 불러 모았
다 나는 너의 뭉툭한 손끝이 좋아 네가 밤마다 물어뜯은 손톱이
쌓여간다 이름을, 어디에 새겨야 할까

기울어진 어깨뼈에
말랑한 너의 귓볼에

바오밥 나무 아래 밤새 파놓은 구덩이들
우리는 꽃을 찾고 싶었어요

무너진 갈대들, 둥근 얼룩, 짓무른 꽃향기와 붉은 온기
앉은 자리마다 자국이 남았다 우리 이곳의 동물들 다 죽을 때까
지는 살아야 한다고
물고기, 물고기처럼

47초

피가 온 몸을 도는 데
47초가 걸린다지

나는 10초 만에 취할 수도 있고
20초 만에 박수를 받을 수도,
30초 만에 30명을 기겁하게 할 수도 있지만

……가 죽었다. 라는 말이
천천히
피를 타고 돌 때

거기로 되돌아가기엔 일방적으로 짧은 시간이었다

미등, 단
- 안에 사람 있어요

정오의 도로변에 멎은 자동차
차 문을 걸어 잠그고
창문을 활짝 내리고
창밖으로 뱉는 양치거품

새벽에만 존재되는 것도 지친다
여긴 나무먼지로 가득해
멀미를 모르는 사람이 타고 있다

소문이 무성한 백야를 지나는 시간
나 하나 없어도 가로등은 고장 나지 않을 테지만